사랑의 바람이
뜨거이
불어옵나이다

일러두기

- 띄어쓰기 및 발음상의 변화가 없는 옛 표기(예: 했읍니다 → 했습니다)는 현행 한글 맞춤법에 맞게 수정하였습니다.

- 시인이 사용한 방언, 축약어, 조어 등은 작품의 고유한 맛을 살리기 위해 표준어로 교정하지 않고 원문 그대로 수록하였습니다.

- 각 시편들은 원제가 없어, 독자의 편의를 위해 시의 첫 행을 제목으로 삼았습니다.

- 본문 85쪽부터는 시인이 직접 쓰고 그린 시화입니다.

사랑의 바람이 뜨거이 불어옵나이다

1958,
편운 조병화
미발표 시화집

1958
B.H. Cho

교유서가

차
례

당신의 먼 얼골이 비쳐 오르도록 술을 마셨어요

당신의 먼 얼골이 비쳐 오르도록 술을 마셨어요
당신의 먼 얼골이 횐히 눈에 보여 오도록 술을 마셨어요

바닷가 모래알 맑은 물밭에 하얀 발목을 당구고
물새처럼 기다리는 마음에 젖어
당신의 고운 얼골이 떠 오도록 술을 마셨어요
횐히 젖은 눈에 비쳐 오르도록 술을 마셨습니다

당신과 나의 거리가 너무나 캄캄해져서
마음에 불꽃이 피어오르도록 술을 마셨어요

오늘 밤엔 이 따사로움에

오늘 밤엔 이 따사로움에
온 수목들이 봄을 배겠어요
가지를 짤린 우물가 살구나무 검은 가지도
오늘 밤엔 봄을 배겠어요

밤새워 눈 녹아내리는 소리
추녀에서 추녀물 떨어지는 소리
지붕 밑 새 둥어리처럼 얹힌 빈방 젖은 온기
오늘 밤엔 온 수목들이 봄을 배겠어요

한밤중 이 따사로움에 나는 잠 잃은 나비
소복히 고인 묵은 체온 안에 떠서

쓸쓸한 이야길랑 하지 않겠어요

쓸쓸한 이야길랑 하지 않겠어요
당신이 쓸쓸해지는 이야길랑 하지 않겠어요

외로운 이야길랑 하지 않겠어요
당신이 외로워지는 이야길랑 하지 않겠어요

바윗장같이 굳은 가슴속에서 톡톡
피를 토하는 밤 이야길랑 아야 하지 않겠어요

그러한 눈일랑 보이지 않겠어요
하늘 아래 텅 빈 내 자리 그리운 눈일랑 보이지 않겠어요

당신 생각에 잠이 듭니다

당신 생각에 잠이 듭니다
창밖에 먼 별을 두고 밤마다 당신 생각에
고요한 잠이 듭니다

길가에 아무렇게나 쓰러지는 잠이지오만
먼 별 아래 밤마다 생각을 두고 당신 생각에
고마운 잠이 듭니다

바다 물결은 이제 사그라지고 빈 바닷가
바람이 자는 자리
피곤한 생각이 고운 당신 생각에 고이 잠이 듭니다

이제는 이별이 없으면 좋겠는데

———

이제는 이별이 없으면 좋겠는데
이제는 고요히 쉬었으면 좋겠는데
—— 당신을 생각할 때마다 이렇게 생각을 했었습니다

어머니 그 사람을 사랑해주십시요
그 사람에게 항시 기쁨과 웃음을 주십시요
—— 당신을 생각할 때마다 이렇게 생각을 했습니다

어제는 학교에서 돌아오는 길에 그림쟁이와 차를 마셨
습니다
어제는 동방에서 돌아오는 길에 글쟁이와 술을 마셨
습니다
—— 당신을 생각할 때마다 이렇게 혼자 중얼거렸었습
니다

애당초 우리는 그것이 아니었습니다

애당초 우리는 그것이 아니었습니다
이론이 아니었습니다

애당초 우리는 그것이 아니었습니다
말이 아니었습니다

애당초 우리는 그것이 아니었습니다
약속이 아니었습니다

애당초 우리는 그것이 아니었습니다
모든 사람 모다 지나간 빈자리였습니다

검은 물가로 돌아와 당신을 생각합니다

검은 물가로 돌아와 당신을 생각합니다
그날 당신은 왜 그러한 이야길 했을까

돌을 던지며 하나 둘
마음이 가라앉길 기다렸습니다

그날 왜 당신은 그런 이야길 했을까
아무런 죄 없이 지닌 하나의 외로운 까닭에
시간의 빈자릴 찾아 다니던 나는 당신 옆에서
행복한 외로움 속에 피곤한 여장을 풀었던 것입니다

지금 나는 다시 검은 물가로 돌아와
당신 곁에서 몸 녹이던 날과 밤을 생각합니다

며칠이고 지금 당신이 없는 날이 지나갑니다

며칠이고 지금 당신이 없는 날이 지나갑니다
이 참혹한 하늘 아래
며칠이고 지금 당신이 없는 날이 지나갑니다

당신이 없는 날의 초라한 이 시간의 부스락지여
당신이 없는 날의 살발한 이 마음의 토막토막이여

다시는 그러한 일을 하지 않겠습니다
며칠이고 그 자리에서 당신을 기다리던 그러한 짓은
다시는 하지 않겠습니다
며칠이고 저리게 기다리던 그러한 못난 짓은
다시는 하지 않겠습니다

어머니 당신 아들에게서 약한 인간이 지닌
모든 그것을

———

어머니 당신 아들에게서 약한 인간이 지닌 모든 그것을
없에 주십시요
더 구체적으로 말씀드리겠습니다
먼저 희망이라는 것을 없에 주십시요

어머니 당신 아들에게서 약한 인간이 지닌 모든 그것을
없에 주십시요
더 구체적으로 말씀드리겠습니다
먼저 기다림이라는 것을 없에 주십시요

어머니 당신 아들에게서 약한 인간이 지닌 모든 그것을
없에 주십시요

———

어제는 내가 견딜 수 없이 쓸쓸했습니다

어제는 내가 견딜 수 없이 쓸쓸했습니다
어제는 내가 견딜 수 없이 불상했습니다

당신과 그렇게 헤여져서 긴 담모통이
나무 아래로 구룸다리 아래로 축축히
봄이 배 오는 밤을 걷고 있었습니다

나는 지금 어딜 걷고 있는가를 생각해 보았습니다
나는 지금 무엇을 하고 있는가를 생각해 보았습니다
나는 지금 무엇 때문에 생을 견디고 있는가를 생각해
보았습니다

어머니 당신 아들은 지금

어머니 당신 아들은 지금
고요한 작은 마을을 찾아 돌아왔습니다

첫째 명예라는 것
둘째 욕망이라는 것
셋째 청춘이라는 것
넷째 모험이라는 것
다섯째 천재라는 것
여섯째 예술이라는 것
일곱째 자학이라는 것
여덟째 고독이라는 것
아홉째 벗이라는 것

나에게 사랑함에 있어 부족함이 있음은

〈봄바람에 살결이 쌀쌀한 신내 뒷산에서. 4.9〉

나에게 사랑함에 있어 부족함이 있음은
내가 아즉 어리고 힘이 부족함이옵니다

나에게 사랑함에 있어 아주 보이지 않는 눈물이 있음은
내가 아즉 어리고 믿음이 부족함이옵니다

비가 내리고 눈이 내리고
바람이 불고 가랑잎이 지고
젖은 시간 깔깔한 시간 다하지 못하고
쓸쓸히
스스로가 스스로의 생명을 걸을 그날까지
하나의 숨은 믿음 아래 가느다란히 지켜옴이 있음은
고마운 당신이 있어

사랑의 바람이 뜨거이 불어옵나이다

사랑의 바람이 뜨거이 불어옵나이다
어머니 당신의 이름은 많은 사랑에 쌓인
마리아도 아니옵나이다
당신이 그러했듯이 당신의 아들은
가난한 사랑이 품다 돌아들간 빈자리옵나이다
어머니 지금 당신 아들에게
당신이 견디지 못하던 그 바람이 가까이 불어옵나이다
당신이 나에게 나눈 시간을 끝까지 마치기 위하여
세월을 견디는 내 빈방에
당신을 고이 재우던 그 바람이 가까이 불어옵나이다

나도 피곤에 젖어 오늘 밤엔

나도 피곤에 젖어 오늘 밤엔
온 겨울을 호올로 견딘 수목들이 봄을 배겠어요

당신은 지금 내 자리에 없어도
당신은 지금 서로 보이지 않는 자리에 있어도
이 따사로움에 잠이 깨여 오늘 밤엔
수목들이 숨찬 그늘에서 나는 당신에 젖어 갑니다

오늘 밤엔 이 따사로움에
온 우리들의 사랑 수목들이 봄을 배겠어요
지붕 밑 새 둥우리같이 얹힌 내 체온 안에도
오늘 밤엔 봄물이 숨여들겠어요

이 인생 문간방에 초라히

이 인생 문간방에 초라히
잠시 비를 멈추고 있는 모양일랑 보이지 않겠어요
인간들이 모인 곳에 후줄건히
잠시 기웃거리다 가는 모습일랑 보이지 않겠어요

이 세상 어데 하나 외롭지 않은 사람이 있으리오만
당신에겐 이 외로움을 말하지 않겠어요

어데 하나 쓸쓸치 않은 사람이 있으리오만
톡톡
피를 토하는 이 밤 이야길랑 아야 하지 않겠어요

나뭇잎이 떨어진 지구 한구석 적적한 자리

나뭇잎이 떨어진 지구 한구석 적적한 자리
쓸쓸한 잠이지오만
고마운 당신 생각에 고요한 잠이 듭니다

생각만 하다가 이대로 사라질 듯이
먼 별 아래 별을 두고 쓸쓸한 자리 외로운 잠이지오만
시간의 시냇물 가에 잔잔히 가라앉아
당신 생각을 옆에 재우며 고이 잠이 듭니다

당신 생각에 잠이 듭니다
창밖에 눈 내리고 꽃은 피어도
외로운 자리 아무렇게나 쓰러진 쓸쓸한 잠이지오만
가는 밤 오는 밤 그저 이 자리 당신 생각에 고마운 잠
이 듭니다

당신을 위하여

당신을 위하여 이 세상 좋은 일을 많이 하고 싶어졌습니다
당신을 위하여 이 세상 아름다운 노래를 냉기고 싶어졌습니다
—— 당신을 생각할 때마다 이렇게 생각을 했었습니다

당신에게 내 노랠 모다 주고 싶어졌습니다
전쟁에 허트러진 내 마음 다 불러들여
당신을 위하여 내 생전 그날까지 노래 부르고 싶어졌습니다
—— 당신을 생각할 때마다 이렇게 생각을 했었습니다

그리하여 이젠 이별이 없으면 좋겠는데
이젠 당신 가슴에 고요히 쉬었으면 좋겠는데
—— 당신을 생각할 때마다 이렇게 생각을 했었습니다

애당초 우리는 그것이 아니었습니다

애당초 우리는 그것이 아니었습니다
그저 서로 옆자리 있었던 것입니다

애당초부터 우리는 그것이 아니었습니다
시작도 마지막도 없는 것이었습니다

애당초부터 우리는 그것이 아니었습니다
그저 외로운 날을 같이하고 있는 것이었습니다

애당초부터 우리는 그것이 아니었습니다
내 시간 모다 당신에게 두고 갈 마음이었습니다

애당초부터 있는 날 그날까지
외롭지 않기 위하여 당신을 뜨겁게 아끼고 싶은
마음이었습니다

1958. 2. 16, 얼음이 풀린다

나는 내 고운 노래를 다시 가슴에 묻고

나는 내 고운 노래를 다시 가슴에 묻고
지금 이 자리
고요한 겨울바람이 지나는 유리창 안으로 돌아왔습
니다

어머니 지금 당신 아들은 축축히 젖어 다시 돌아왔습
니다
당신이 비고 돌아간 그 방으로 다시 돌아왔습니다
봄가을 없이 흐린 거미줄 낀 그 방으로 돌아왔습니다

그 사람이 없는 날이 너무도 많이 지나갑니다
당신도 없고 그 사람도 없고 모다 낯설은 들판에
그 사람이 없는 날이 너무도 많이 지나갑니다

1958. 2. 18, 안개 짙은 아침

그리고 당신을 생각했습니다

그리고 당신을 생각했습니다
그리고 당신을 생각할수록 불상만해지는 나를 생각했
습니다
그리고 당신 마음엔 어느 한 자리 없는 내 자릴 걸고
있었습니다

쌀쌀히 사라지는 사람아 잔인하도록 사랑을 받아라
불상한 사람아 잔인하도록 주어라

어제는 견딜 수 없이 쓸쓸했습니다
어제는 견딜 수 없이 불상했습니다
나무 아래로 구름다리 아래로 긴 담벼락 곁으로
모든 것 그저 잊어버리고
이 세상 아닌 다른 곳으로 사라지고만 싶었습니다

—— 당신에겐 아무렇지도 않았던 걸
—— 당신에겐 아무렇지도 않는 걸

1958. 2. 22.

너의 이름 없이는 불상한 한 사나이가 있다

너의 이름 없이는 불상한 한 사나이가 있다
너의 이름 없이는 보람을 잃는 한 사나이가 있다

너의 이름과 같이 영 있고 싶어라
너의 이름 곁에 영 있고 싶어라
너의 이름으로 영 일하고 싶어라
너의 이름 아래 영 잠들고 싶어라

아름다워라
고아라
지혜로워라
평화스러워라

1958. 2. 27, 차가운 맑은 아침

당신과 한 몸이 되어 있을 때

당신과 한 몸이 되어 있을 때
내 모든 생명은 당신 것이었습니다

어두운 날개처럼 밤마다 밤에 젖어
피곤한 내 외로움은 빈 하늘을 나르고
당신은 깊이 닫힌 고요한 보금자리
영원토록 비쳐 오르는 먼 그리움

당신과 내가 떨어져 있는 것이
아니라 해도
밤마다 밤 속에 밤을 남기고 돌아가는 사람아
고요한 사랑아
한 별 아래 잠드는 당신의 자리가 너무나 멀구나

1958. 4. 8, 봄비 내리는 아침

그것으로서 작은 생명 스스로 구원을 받으며
스스로 눈감아

————

그것으로서 작은 생명 스스로 구원을 받으며 스스로
눈감아

그날이 오면

고요히 당신 곁으로 돌아가고 싶습니다

사람은 외롭게 나서 외롭게 가는 것

이러한 말이 있었습니다 —— 루오

인생은 필경 사랑을 찾다 가는 것

이러한 말이 있었습니다 —— 쉘리

사람은 나서 살기 위하여 먹고 먹기 위하여 일하고

일하다가 그저 가는 것

이러한 말이 있었습니다

봄이 오면 무서워요

〈봄이 오면 무서워요〉

어데로 가는지 모르는 캄캄한 이 객차
유리창은 가려지고 아침이 싫은 당신의 목소리

〈한번 헤어진 기억이 있어요〉

아침이 오면 헤어져 가는 사람들
서로 같이 못 가는 길. 남은 시간 빈자리 멍하니 있으면

〈나에게도 한 번은 그리운 사람이 남아야 해요〉

당신은 지금 아득히 먼 곳에서 외로움만이 들을 수 있는
그 소릴 가득히 보내고만 있습니다

나는 오늘 아침 조간 한구석에서 슬픈 기사를 발견했습니다

나는 오늘 아침 조간 한구석에서 슬픈 기사를 발견했
습니다
── 사랑이란 멀리서 하는 것. 그리고 맘 놓고 웃는 것.
어느 고동학교 학생의 유서였습니다

다음 말에 막혀 다시 이렇게 시작을 했습니다

나는 지금 긴 여객선에서 어리벙벙 내린 참입니다
어제 밤은 당신과 같이 당신의 섬으로 긴 바다 여행을
했습니다
꿈은 나만 내려놓고 창밖에 뚝뚝 내리는 눈.
문득 당신이 나에게 그 누구인가를 깨달았습니다

어머니 지금 당신 아들은 긴 편지를 쓰기 시작했습니다
── 마침내 당신이 쓰다 감춘 편지 쪼각처럼

당신이 돌아가면 남은 자리 너무나 텅 비어서

당신이 돌아가면 남은 자리 너무나 텅 비어서
온 몸이 술에 차도록 술을 마셨습니다

희망이란 나에게 너무나 숨 가쁜 것이어서
당신의 먼 얼골이 빈 잔에 비쳐 오르도록 술을 마셨어요
믿음이란 나에게 너무나 쓸쓸한 것이어서
당신의 빈 얼골이 눈에 떠오르도록 술을 마셨어요

마음 구석구석 미움이 타 버리고 아픔이 타 버리고
내가 타 버리고
당신의 먼 얼골이 비쳐 오르도록 술을 마셨어요
당신의 빈 얼골이 훤히 눈에 보여 오도록 술을 마셨어요

고운 당신을 앞두고 쓸쓸한 이야길 한 것은

고운 당신을 앞두고 쓸쓸한 이야길 한 것은
모다 당신에 가까이 갈 수 없던 탓으로 여겨 주십시요
고운 당신을 만날 때마다 슬픈 이야길 한 것은
모다 이별이 자주 오는 탓으로 여겨 주십시요
항시 당신이 보고 싶은 것은
모다 내가 한번 나와 같이 살고 싶던 탓으로 여겨 주십
시요
항시 믿음이 줄고 초라해지는 것은
모다 너무나 당신이 고운 탓으로 여겨 주십시요
모든 것은 모다 과음한 탓으로 여겨 주십시요
모든 것 모다 당신을 사랑하는 탓으로 여겨 주십시요

하나하나 버리며

하나하나 버리며
이러한 긴 시간 피곤한 여행 끝에

지금 당신 아들은
고요한 작은 마을을 찾아 돌아왔습니다

이 마을 사람들은 서로 이름이 없습니다
이 마을 사람들은 서로 소유가 없습니다
이 마을 사람들은 서로 슬픔이 없습니다

꽃이 피다 가면 계절이 바뀌고
계절이 바뀌면 외로움을 견디는 고요한 마음
이 마을 사람들은 서로 표정이라는 아픔이 없습니다

어머니 이젠 이 마을에서 사랑하다가 가고 싶습니다
나 이상의 사랑을 사랑하다가

해
설

뜨거운
사랑의
고독

홍용희(문학평론가)

편운 조병화(1921-2003)가 1950년대 창작한 미발표 시편이 발견되었다. 자신이 직접 소묘한 그림들과 함께 정서된 한 권 분량의 이들 시편은 사랑의 우수로 흠뻑 젖어 있었다. 전쟁이 지나간 허무와 폐허의 시대에 그는 "뜨거이 불어오는" "사랑의 바람"(「사랑의 바람이 뜨거이 불어옵나이다」)에 "미움이 타 버리고 아픔이 타 버리고/ 내가 타 버리"(「당신이 돌아가면 남은 자리 너무나 텅 비어서」)는 사랑을 앓고 있었다. 그의 이토록 강렬한 사랑의 정념이 편운재의 묵은 먼지 속에 70여 년 동안 침묵 속에 화석처럼 지내고 있었던 것이다. 그의 사랑은 너무도 뜨겁고 절대적이고 화사해서 너무도 위험하고 불안하고 고독했다. 그러나 이 사랑의 사건은 그동안 완벽하게 봉인되어 있었기에 세상 밖에는 흔적도 드러나지 않았다. 하지만 이 사랑의 정념은 누구보다 강렬하고 찬연한 낭만적 여정을 펼쳐 보였던 조병화의 시적 삶의 보이지 않는 샘물이자 에너지로 작용했으리라. 그의 시 세계는 지속적으로 사랑, 꿈, 고독, 죽음 등의 본래적 근원 심상과 낭만적 동경의 지평을 펼쳐 왔기 때문이다. 조병화에게 젊은 날의 벼락같은 사랑의 사건은 존재의 심연의 원형이자 근원적 자유 의지를 추구하는 역동으로 작용했다.

조병화에게 사랑은 완전한 합일의 정점이다. 이것은 존재의 불안과 우수와 단절이 없는 종교적 체험에 버금가는 절대의 세계이다. 대체로 이러한 사랑은 선택적 의지의 산물이 아니라 운명처럼 주어진다. 이때 사랑의 주체는 시적 화자가 아니라 사랑 그 자체이다. 시적 화자는 사랑의 배역을 충실하게 수행하는 배우와 같다. 조병화에게도 벼락처럼 다가온 사랑의 사건은 "내 모든 생명은 당신 것이" 되어버린 상황에서부터 출발한다.

당신과 한 몸이 되어 있을 때
내 모든 생명은 당신 것이었습니다

어두운 날개처럼 밤마다 밤에 젖어
피곤한 내 외로움은 빈 하늘을 나르고
당신은 깊이 닫힌 고요한 보금자리
영원토록 비쳐 오르는 먼 그리움

당신과 내가 떨어져 있는 것이

아니라 해도

밤마다 밤 속에 밤을 남기고 돌아가는 사람아

고요한 사랑아

한 별 아래 잠드는 당신의 자리가 너무나 멀구나

—「당신과 한 몸이 되어 있을 때」 전문

　나는 고백한다. "당신과 한 몸이 되어 있을 때/ 내 모든 생명은 당신 것이었습니다". 나와 "당신"은 "생명"을 함께하는 동일체이다. 완전한 합일을 이룬 절정의 사랑이다. 그러나 삶의 현실은 사랑하는 대상과의 완전한 합일을 허용하지 않는다. "당신과 내가 떨어져 있는 것이/ 아니라 해도" 당신은 "밤을 남기고 돌아"갈 수밖에 없다. 사랑할수록 정작 현실 속에서는 "당신"과 내가 하나가 아니라 서로 다른 둘이라는 사실을 절실하게 확인하게 된다. 그래서 사랑의 열도가 높을수록 고독의 상심도 깊어진다. 시적 화자는 자기도 모르게 탄식한다. "한 별 아래 잠드는 당신의 자리가 너무나 멀구나". "당신이 돌아가면 남은 자리 너무나 텅 비"(「당신이 지나가면 남은 자리 너무나 텅 비어서])어 어찌할 바를 모르는 것이다. 그래서 "당신과" 나는 "한 몸이"지만 동시에 "당신"은 "영원토록 비쳐 오르는 먼 그리움"의 대상이 된다. 사랑이 외로움을 낳고 외로움이 다시 사랑을 열망하는 원환 구조이다. 이처럼 사랑은 열망할수록 사랑의 대상은 종교적 절대자처럼 완전하고 신비로운 존재로 느껴진다.

검은 물가로 돌아와 당신을 생각합니다
그날 당신은 왜 그러한 이야길 했을까
돌을 던지며 하나 둘
마음이 가라앉길 기다렸습니다

그날 왜 당신은 그런 이야길 했을까
아무런 죄없이 지닌 하나의 외로운 까닭에
시간의 빈자릴 찾아 다니던 나는 당신 옆에서
행복한 외로움 속에 피곤한 여장을 풀었던 것입니다

지금 나는 다시 검은 물가로 돌아와

당신 곁에서 몸 녹이던 낮과 밤을 생각합니다

           —「검은 물가로 돌아와 당신을 생각합니다」전문

   사랑의 간절함이 강렬해질수록 사랑하는 대상은 알수 없는 사람이 된다. 그래서 시적 화자는 자문하고 자답하느라 온통 전전긍긍이다. "그날 당신은 왜 그러한 이야길 했을까" 되풀이해서 물어본다. 그러나 결국 돌아오는 건 "당신"을 알 수 없다는 사실이다. 이 사실이 "당신"을 더욱 절대적 존재로 만든다. 종교의 세계가 알 수 없는 것에게 나를 바치는 것처럼 "당신"에 대해 알 수 없을수록 나는 더욱 깊은 마법에 사로잡히게 된다. 그래서 "나는 당신 옆에서/ 행복한 외로움"에 빠지게 된다. 사랑은 "행복"을 주지만 그러나 "행복"이 클수록 "당신"에 대해 내가 아는 건 "당신"을 알 수 없다는 사실의 자각이다. 이때 "외로움"은 더욱 깊어진다. "외로움"은 또다시 "검은 물가로 돌아와 당신을 생각"하게 한다. "당신"을 생각할 때 "당신"과 연속성을 유지할 수 있기 때문이다. "당신"은 이미 나에게 종교적인 숭배의 대상이다.

   그래서 나는 아무리 "적적"하고 초라하고 쓸쓸한 자

리에 있어도 "당신"을 생각하면 은혜롭게 느껴진다.

　　나뭇잎이 떨어진 지구 한구석 적적한 자리
　　쓸쓸한 잠이지오만
　　고마운 당신 생각에 고요한 잠이 듭니다

　　생각만 하다가 이대로 사라질 듯이
　　먼 별 아래 별을 두고 쓸쓸한 자리 외로운 잠이지
오만
　　시간의 시냇물 가에 잔잔히 가라앉아
　　당신 생각을 옆에 재우며 고이 잠이 듭니다

　　당신 생각에 잠이 듭니다
　　창밖에 눈 내리고 꽃은 피어도
　　외로운 자리 아무렇게나 쓰러진 쓸쓸한 잠이지오만
　　가는 밤 오는 밤 그저 이 자리 당신 생각에 고마운
잠이 듭니다
　　　　―「나뭇잎이 떨어진 지구 한구석 적적한 자리」 전문

"당신"은 절대적인 신의 위상에 비견된다. 화자는 "지구 한구석 적적한 자리"에서도 "당신 생각에" "고요한 잠"을 이룬다. 한없이 "쓸쓸한 자리 외로운 잠"에 시달려도 "당신 생각을 옆에 재우"면 "고이 잠이" 든다. "가는 밤 오는 밤" 어떤 후미진 "자리"여도 문제가 되지 않는다. 오직 "당신"을 생각하면 "고마운 잠"을 이룰 수 있다. "당신"만 있으면 현실 속의 고통은 문제가 되지 않는다. 그리하여 "당신"에게는 나의 모든 것을 다해 바치고 헌정하고 싶다.

　　당신을 위하여 이 세상 좋은 일을 많이 하고 싶어졌습니다
　　당신을 위하여 이 세상 아름다운 노래를 냉기고 싶어졌습니다
　　—— 당신을 생각할 때마다 이렇게 생각을 했었습니다

　　당신에게 내 노랠 모다 주고 싶어졌습니다
　　전쟁에 허트러진 내 마음 다 불러들여

당신을 위하여 내 생전 그날까지 노래 부르고 싶어
졌습니다
―― 당신을 생각할 때마다 이렇게 생각을 했었습
니다

그리하여 이젠 이별이 없으면 좋겠는데
이젠 당신 가슴에 고요히 쉬었으면 좋겠는데
―― 당신을 생각할 때마다 이렇게 생각을 했었습
니다

―「당신을 위하여」 전문

"이 세상 좋은 일을 많이 하고" "이 세상 아름다운 노
래를 냉기고 싶"은 것도 "당신을 위"한 것이다. "당신"이
있어 나의 "노래"와 "마음"과 존재의 의미가 있다. 그래
서 "당신을 위하여 내 생전 그날까지 노래 부르고 싶"다
고 고백한다. 이것은 "당신"과 평생을 함께하고 싶다는
소망의 표현이다. 그래서 그는 "이젠 이별이 없으면 좋
겠"다고 염원한다. 사랑하면 할수록 이별에 대한 두려움
이 동반되기 때문이다.

이처럼 사랑의 마법에 사로잡힌 시적 화자에게 세상은 온통 사랑에 젖은 풍경으로 존재한다. 그것은 마치 "따사로운" 기운에 물든 봄밤의 풍경에 비견된다.

오늘 밤엔 이 따사로움에
온 수목들이 봄을 배겠어요
가지를 짤린 우물가 살구나무 검은 가지도
오늘 밤엔 봄을 배겠어요

밤새워 눈 녹아내리는 소리
추녀에서 추녀물 떨어지는 소리
지붕 밑 새 둥어리처럼 얹힌 빈방 젖은 온기
오늘 밤엔 온 수목들이 봄을 배겠어요

한밤중 이 따사로움에 나는 잠 잃은 나비
소복히 고인 묵은 체온 안에 떠서

—「오늘 밤엔 이 따사로움에」 전문

"따사"롭고 화사한 봄밤이다. "온 수목들이" "봄"에

"배"어든다. "따사로운" 봄의 정령이 사위를 뒤덮고 있다. "밤새워 눈 녹아버리는 소리", "추녀물 떨어지는 소리", "지붕 밑 새 둥어리처럼 얹힌 빈방 젖은 온기"는 모두 봄 기운이 "배"어들면서 생성되는 풍경이다. 이처럼 "봄"이 스머드는 시간에 시적 화자는 "잠 잃은 나비"가 된다. 시적 화자 역시 "따사로움"에 젖으면서 "봄"의 곤충이 된 것이다. "나비"가 된 시적 화자의 시선에서 세상은 온통 황홀한 "봄"으로 느껴진다. 여기에서 "봄"이란 세상에 미만한 사랑의 정념으로 해석된다.

이토록 세상이 사랑의 정념으로 미만할수록 시적 화자에게 다가오는 외로움과 고독의 상심은 더욱 "견딜 수 없"는 고통이 된다. "너의 이름과 같이 영 있고 싶"(「너의 이름 없이는 불쌍한 한 사나이가 있다」)을수록 당신과의 거리감을 견딜 수 없다. 그래서 사랑의 황홀은 "견딜 수 없"이 가엾고 "불쌍"한 자신의 모습을 반복적으로 만나게 한다.

> 어제는 내가 견딜 수 없이 쓸쓸했습니다
> 어제는 내가 견딜 수 없이 불쌍했습니다

당신과 그렇게 헤여져서 긴 담모퉁이
나무 아래로 구름다리 아래로 축축히
봄이 배 오는 밤을 걷고 있었습니다

나는 지금 어딜 걷고 있는가를 생각해 보았습니다
나는 지금 무엇을 하고 있는가를 생각해 보았습니다
나는 지금 무엇 때문에 생을 견디고 있는가를 생각
해 보았습니다
　　　　　—「어제는 내가 견딜 수 없이 쓸쓸했습니다」 전문

　시적 화자의 마음은 천국과 지옥의 굴곡을 변덕스러
울 정도로 오간다. 사랑하는 "당신"과 함께하면 천국이
지만 그렇지 못하는 순간 세상은 지옥이 된다. 화자는
"견딜 수 없"도록 "쓸쓸"하고 "불쌍"한 자신을 만나게
된다. 시적 화자 스스로 혹독한 자기 연민에 빠지게 된
다. 자기 연민은 문득 자기 성찰을 불러온다. "나는 지금
어딜 걷고 있는가" "나는 지금 무엇을 하고 있는가" "나
는 지금 무엇 때문에 생을 견디고 있는가"라고 거듭 묻
는다.

그러나 이러한 이성적 사유는 무의미하다. 사랑하는 대상의 부재와 결핍은 슬프지만 사랑할 수 없는 상황의 도래는 훨씬 더 슬프다. 그래서 "당신"에 대한 원망이나 자학은 이내 거두어들이기로 한다. 그리고 여기에서 더 나아가 스스로에게 다짐한다. "당신"에게 "쓸쓸"하거나 "외로운 이야길랑 하지 않겠"다고. "당신"이 부담스러워 하는 일은 결코 하지 않겠다는 스스로의 다짐이다.

쓸쓸한 이야길랑 하지 않겠어요
당신이 쓸쓸해지는 이야길랑 하지 않겠어요

외로운 이야길랑 하지 않겠어요
당신이 외로워지는 이야길랑 하지 않겠어요

바윗장같이 굳은 가슴속에서 톡톡
피를 토하는 밤 이야길랑 아예 하지 않겠어요

그러한 눈일랑 보이지 않겠어요
하늘 아래 텅 빈 내 자리 그리운 눈일랑 보이지 않

겠어요

——「쓸쓸한 이야길랑 하지 않겠어요」 전문

며칠이고 지금 당신이 없는 날이 지나갑니다
이 참혹한 하늘 아래
며칠이고 지금 당신이 없는 날이 지나갑니다

당신이 없는 날의 초라한 이 시간의 부스락지여
당신이 없는 날의 살벌한 이 마음의 토막토막이여

다시는 그러한 일을 하지 않겠습니다
며칠이고 그 자리에서 당신을 기다리던 그러한 짓은
다시는 하지 않겠습니다
며칠이고 저리게 기다리던 그러한 못난 짓은
다시는 하지 않겠습니다

——「며칠이고 지금 당신이 없는 날이 지나갑니다」 전문

시적 어조가 모두 자기 성찰의 반성문이다. 화자는 이제 더이상 "당신"에게 "쓸쓸한 이야기/ 외로운 이야기"

를 하지 않겠다고 말한다. 그러나 이렇게 하기 위해서는 혼자 "견딜 수 없"는 쓸쓸함과 외로움을 감내해야 한다. 그래서 "바윗장같이 굳은 가슴속"에 "피를 토하는 밤"을 견뎌야 한다고 말한다. 그럼에도 불구하고 화자는 다시 다짐한다. "하늘 아래 텅 빈" 자리가 "내 자리"일지라도 "그리운 눈일랑 보이지 않겠"다고. "당신"을 힘들게 해서 사랑을 영영 잃어버리게 될지 모른다는 두려움이 앞서기 때문이다.

실제로 "며칠이고 지금 당신이 없는 날이 지나"가는 날들을 겪기도 한다. 이때 그는 "하늘 아래"가 "참혹"하고 "시간"들이 "초라"하며 "마음의 토막토막"이 일어나는 아픔을 겪는다. "내 모든 생명은 당신 것"(「당신과 한 몸이 되어 있을 때」)이지만, 정작 "며칠이고 지금 당신이 없는 날"을 겪게 되면서 고통의 극한에 빠지게 된 것이다. 이때 그가 할 수 있는 말은 "다시는 그러한 일을 하지 않겠습니다/ 며칠이고 그 자리에서 당신을 기다리던 그러한 짓은 다시는 하지 않겠습니다"고 되뇌는 것이다. 물론 이것은 지킬 수 없는 약속이지만 그러나 그것은 중요하지 않다. 이렇게 말을 함으로써 자신의 상처를 매만

지고 위무할 수 있기 때문이다.

그렇다면, 당신은 부재하지만 그러나 당신을 원망하지 않으면서, 당신과 함께할 수 있는 방법은 무엇일까? 그 것은 그리움이다. 그리움의 세계에서는 "당신의 먼 얼굴이 비쳐 오르"기도 하기 때문이다.

당신의 먼 얼굴이 비쳐 오르도록 술을 마셨어요
당신의 먼 얼굴이 훤히 눈에 보여 오도록 술을 마셨어요

바닷가 모래알 맑은 물밭에 하얀 발목을 담구고
물새처럼 기다리는 마음에 젖어
당신의 고운 얼굴이 떠 오르도록 술을 마셨어요
훤히 젖은 눈에 비쳐 오르도록 술을 마셨습니다

당신과 나의 거리가 너무나 캄캄해져서
마음에 불꽃이 피어오르도록 술을 마셨어요
　　―「당신의 먼 얼굴이 비쳐 오르도록 술을 마셨어요」 전문

시적 화자는 그리움을 앓고 있다. 그리움은 부재하는 "당신"에 대한 만남의 갈망이다. 지금, 여기에 부재하는 당신, 멀리 떨어져 있는 당신과의 거리를 어떻게 극복할 수 있을까? 이때 그는 "술"을 마신다. "술을" 마셔서 "마음에 불꽃이 피어오르"면 "당신의 먼 얼골이 훤히 눈에 보여"온다. 술은 "물새처럼 기다리는 마음"을 "젖"게 하여 "당신의 고운 얼골"을 재현하는 뜨거운 촉매가 되고 있다. 그러나 이것은 언제까지나 마음 안에서만 있는 만남이다. 당신에게 가까이 가고자 하지만 언제나 마음속에만 있는 가까움일 뿐이다.

그래서 술을 마시며 그리움을 앓는 것은 달콤하고도 쓰디쓴 "피곤"을 불러온다. 그래서 "나도 피곤에 젖어 오늘 밤엔/ 온 겨울을 호올로 견딘 수목들이 봄을 배겠어요"(「나도 피곤에 젖어 오늘 밤엔」)라고 읊조린다. 그러나 그가 피곤하다고 해서 말없이 침묵할 수는 없다. 이러한 피곤마저도 채워지지 않는 사랑의 결핍에서 비롯되기 때문이다. 그래서 그는 다시 말을 한다. 말들의 의미가 중요한 것이 아니라 결핍을 채우는 행위가 중요하기 때문이다. 그는 "어머니 당신 아들에게서 약한 인간

이 지닌 모든 그것을 없에 주십시오/ 더 구체적으로 말
씀드리겠습니다/ 먼저 기다림이라는 것을 없에 주십시
오"(「어머니 당신 아들에게서 약한 인간이 지닌 모든 그
것을」)라고 간구하기도 하고, "모든 것은 모다 과음한
탓으로 여겨주십시오."(「고운 당신을 앞두고 쓸쓸한 이
야길 한 것은」)라고 부탁하기도 한다. 이것은 모두 고독
한 수다에 해당한다. 고독한 수다는 사랑의 고통에 대한
울음이며 스스로의 상처를 반복적으로 매만지는 행위이
다. 이처럼 스스로 주고받는 고독한 수다가 점점 격렬해
지면서 시적 화자는 사랑을 그만두겠다는 탈출극을 연
출하고 연기하기도 한다.

　　애당초 우리는 그것이 아니었습니다
　　그저 서로 옆자리 있었던 것입니다

　　애당초부터 우리는 그것이 아니었습니다
　　시작도 마지막도 없는 것이었습니다

　　애당초부터 우리는 그것이 아니었습니다

그저 외로운 날을 같이하고 있는 것이었습니다

애당초부터 우리는 그것이 아니었습니다
내 시간 모다 당신에게 두고 갈 마음이었습니다

애당초부터 있는 날 그날까지
외롭지 않기 위하여 당신을 뜨겁게 아끼고 싶은
마음이었습니다.

　　　　　　　　—「애당초 우리는 그것이 아니었습니다」 전문

　사랑을 그만하겠다는 마음의 연극이다. 자신을 둘로
나누어 대화를 주고 받는다. "애당초 우리는 그것이 아
니었습니다/ 그저 서로 옆자리 있었던 것입니다". 그래
서 "시작도 마지막도 없는 것"이며 "그저 외로운 날을
같이 하"는 것일 뿐이다. 자신이 앓고 있는 사랑의 열병
을 스스로 전면 부정하는 자작극이다. 그러나 이러한 사
랑의 탈출극은 전략적 휴식이고 위안일 뿐이다. 시적 화
자는 잠깐 자신을 속이면서 위안을 얻지만 그러나 이내
본색이 드러나고 만다. "내 시간 모다 당신에게 두고 갈

마음"이고 "당신을 뜨겁게 아끼고 싶은 마음"이었음을 고백하게 된다. 사랑의 탈출극을 기획했으나 성공하지 못하고 만다. 사랑의 탈출극 역시 사랑의 시스템 안에 있기 때문이다. 사랑을 주관하는 주체는 화자 자신이 아니라 사랑 그 자체인 것이다.

이와 같이, 1950년대 젊은 조병화는 뜨거운 사랑과 고독의 극한을 앓고 있었다. 그러나 이 둘은 모두 사랑의 시스템 안에서 벌어지는 일들이다. 그의 젊은 날의 사랑의 서사는 "시작"만 있지 "마지막"은 드러나지 않는다. 그의 일생 동안 이 사랑의 "마지막" 지점은 유예되었으리라. 그의 시편이 우리 시사에서 누구보다 강렬한 사랑, 고독, 우수로 물든 낭만적 삶의 지평을 지속적으로 펼쳐보였던 것은 이를 증거한다.

이 노래는 당신과 나만이 아는 노래

비밀의 시화

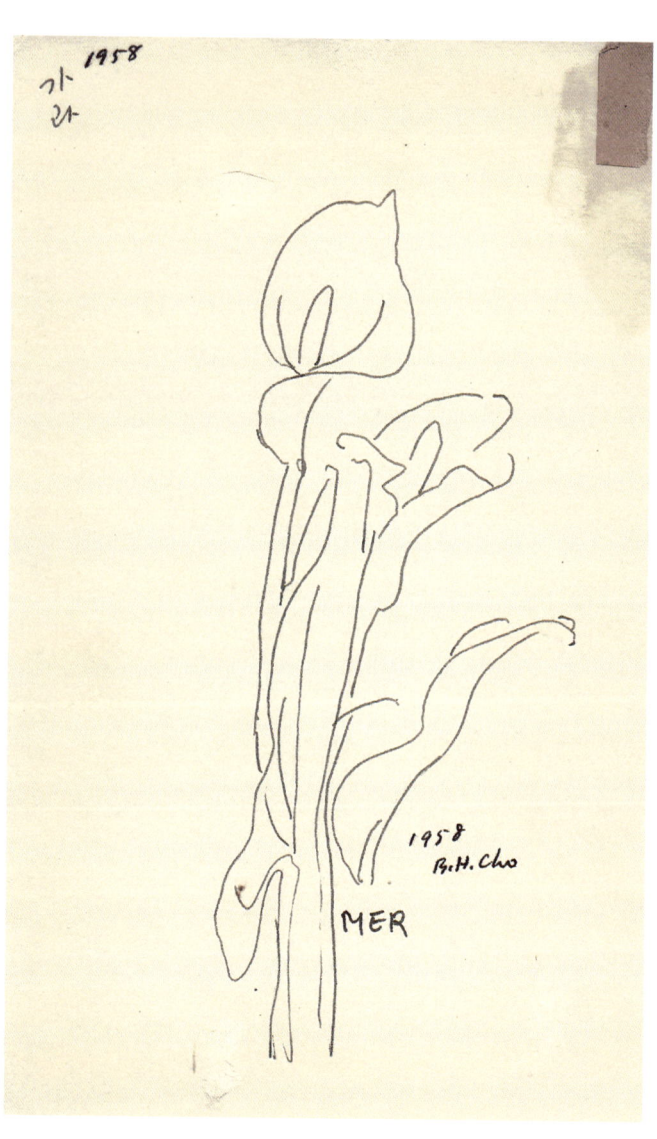

카라
1958, 종이에 펜, 13.5×21cm

6.

당신의 먼 얼골이 비처 오르도록 술을 마셨어요

당신의 빈 얼골이 헌히 눈에 보여 오도록 술을 마셨어요

바닷가 모래알 물밭에 하얀 밤물을 당구고 (마음2)

당신의 고운 얼골이 떠오르도록 술을 마셨어요

물새처럼 기다리는 마음에 젖이

헌히 젖은 눈에 비처오로도록 술을 마셨읍니다

당신과 나의 거리가 너무나 캄캄해저서

마음에 불꽃이 피어오르도록 술을 마셨어요

2. 9.

6. 당신의 먼 얼골이 비쳐 오르도록 술을 마셨어요
1958. 2. 9, 종이에 펜, 13.5×21cm

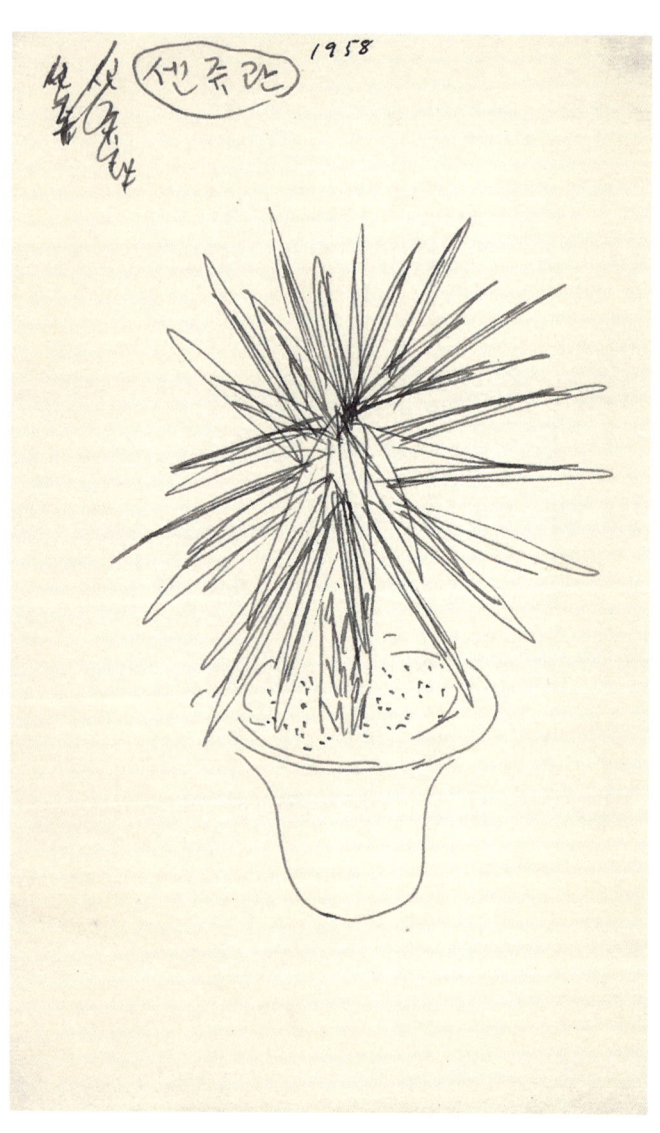

1958

센쥬란
1958, 종이에 펜, 13.5×21cm

오늘밤엔 이 따사로움에

또 수목들에 봄을 배겟이오

가지를 쨀린 우물가 살구나무 검은 가지오

오늘 밤엔 봄을 배겟이오

밤새우거 눈녹아버리는 소리

추녀에서 추녀물 떨어지는 소리

잠웅밤 새들이러처럼 있힌 빈 방 젓은 온기

오늘 밤엔 또 수목들이 봄을 배겟이오

한밤중 이 따사로움에 나는 잠얼었으 나비

소복히 교인 물은 , 체온 속에 떠서

7. 오늘 밤엔 이 따사로움에
1958, 종이에 펜, 13.5×21cm

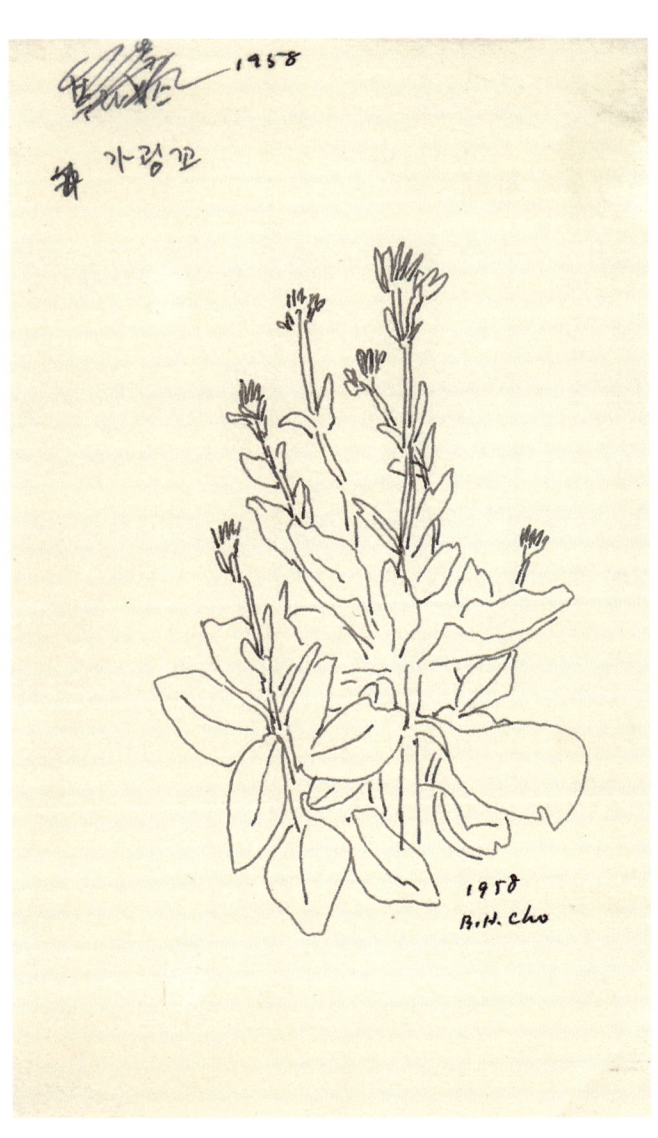

카랑코에

1958, 종이에 펜, 13.5×21cm

8.

쓸쓸한 이야길랑 하지 않겠어요

당신이 쓸쓸해지는 이야길랑 하지 않겠어요

외로운 이야길랑 하지 않겠어요

당신이 외로워지는 이야길랑 하지 않겠어요

바윗장 같이 군은 밤이야길랑 아아 똑똑 하지 않겠어요

피를 토하는 밤이야길랑 아아 하지 않겠어요

그러한 눈멀랑 보이지 않겠어요

하늘 아래 텅 빈 내자리 그리운 눈멀랑 보이지 않겠어요

8. 쓸쓸한 이야길랑 하지 않겠어요
1958, 종이에 펜, 13.5×21cm

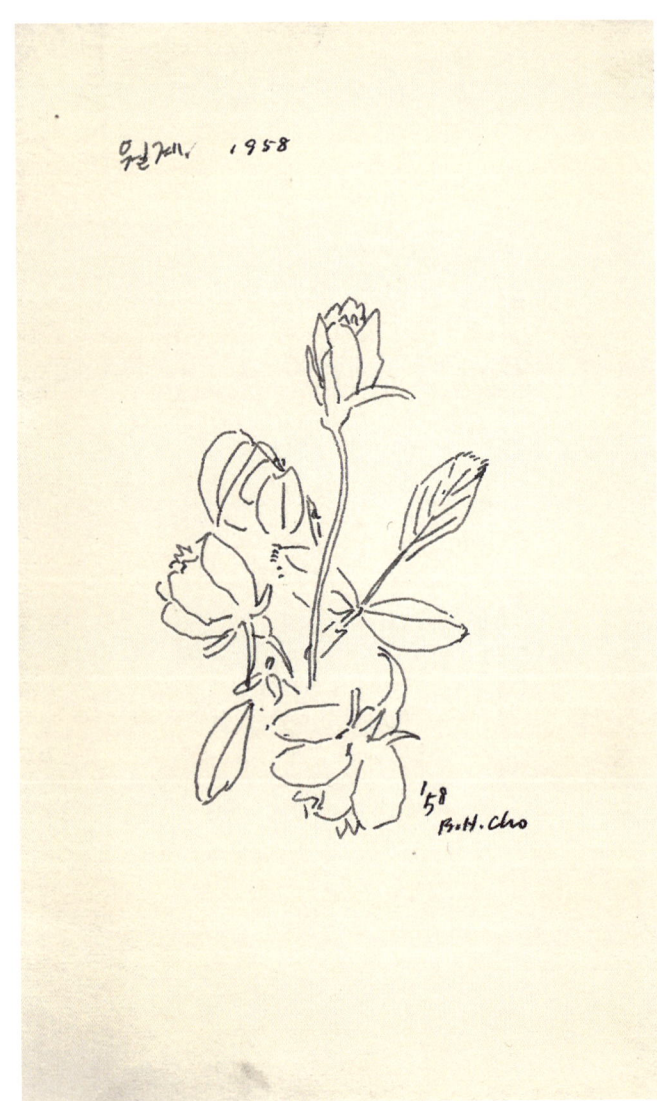

월계

1958, 종이에 펜, 13.5×21cm

9.

당신 생각에 잠이 듭니다

창밖에 먼 별을 두고
밤마다 당신 생각에

고운 잠이 듭니다

갈가에 아무렇게나 쓰러지는 잠이지요만

먼 별아래 밤마다 생각을 두고 당신 생각에

고마운 잠이 듭니다

바다 물결은 이제 사구라지고 빈 바닷가

바람이 자는 자리 고운 당신 생각에 꼬이 잠 듭니다

피곤한 생각이

9. 당신 생각에 잠이 듭니다
1958, 종이에 펜, 13.5×21cm

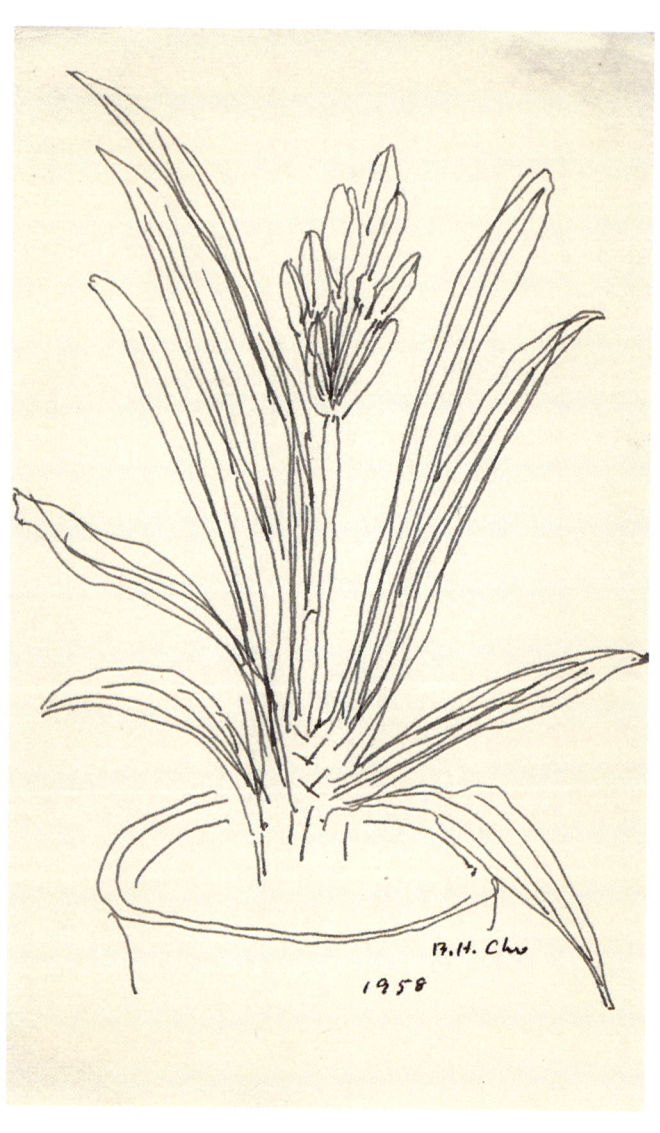

1958, 종이에 펜, 13.5×21cm

10.

이제는 이별이 없으면 좋겠는데
이제는 고요히 쉬었으면 좋겠는데

ㅣ당신을 생각할 때마다 이렇게 생각을 했었읍니다

ㅣ그사람을 생각할 때마다 이렇게 생각을 했읍니다

ㅣ어머니 그사람을 사랑해주신시오 그사람에게 항시 기쁨과 웃음을 주원시오

ㅣ이제는 학교에서 돌아오는 길의 그림장이와 차를 마셨읍니다 이제는 동방에서 돌아오는 길의 글장이와 손을 마셨읍니다

ㅣ이제는 당신을 생각할 때마다 이렇게 혼자 졸일 거겠었읍니다

10. 이제는 이별이 없으면 좋겠는데
1958, 종이에 펜, 13.5×21cm

1958, 종이에 펜, 13.5×21cm

11.

애당초 우리는 그것이 아니었습니다

이론이 아니었습니다

애당초 우리는 그것이 아니었습니다
말이 아니었습니다

애당초 우리는 그것이 아니었습니다
약속이 아니었습니다

애당초 우리는 그것에 아니었습니다
모든 사람 모다 지나간 빈 자리에 있읍니다

11. 애당초 우리는 그것이 아니었습니다
1958, 종이에 펜, 13.5×21cm

097

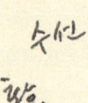

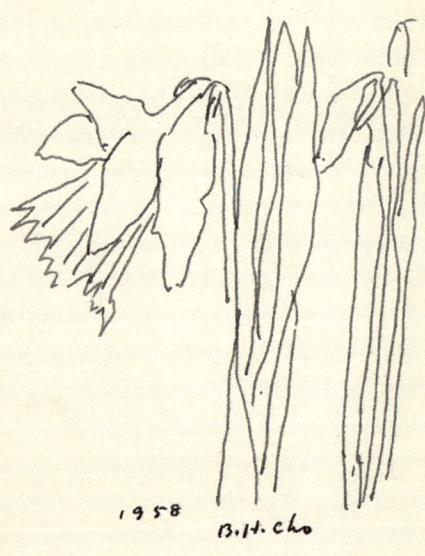

수선
1958, 종이에 펜, 13.5×21cm

12.

검은 물가로 돌아와 당신을 생각합니다

그날 당신은 왜 그러한 이야길 했을까

돌을 던지며 하나 둘
마음이 가라앉건 기다렸읍니다

그날 왜 당신은 그런 이야길 했을까

아무런 죄( )의 없이 지낸 하나의 외로운 까닭에

시간의 빈자락 찾아 다시 나는 당신 앞에서

행복한 외로움 속에 피곤한 여장을 풀었던 것입니다

지금 나는 다시 검은 물가로 돌아와 밤을 생각합니다

당신 곁에서 몸둣여 밤을 생각합니다

12. 검은 물가로 돌아와 당신을 생각합니다
1958, 종이에 펜, 13.5×21cm

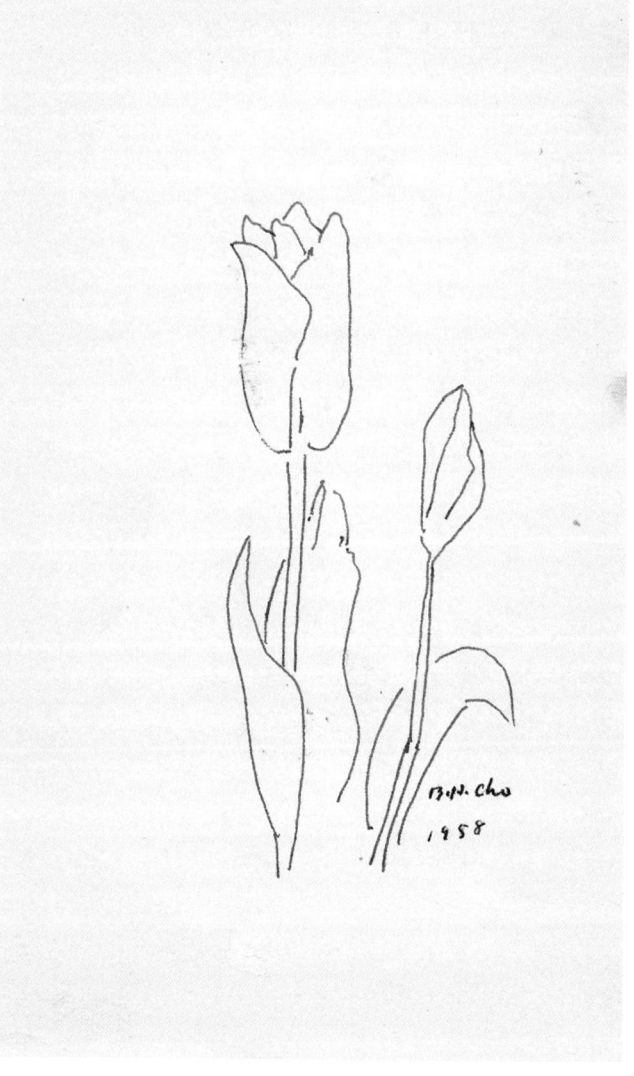

1958, 종이에 펜, 13.5×21cm

며칠이고 지금 당신이 없는
날이 지나 갑니다

이 참혹한 하늘 아래

몇일이고 지금 당신이 없는
날의 지나 갑니다

당신이 없는 날의
살벌한 이 마음의
토막 토막이여

당신이 없는 날의
초라한 이 시간의
부스러기여

다시는 그리한 일을
하지 않겠읍니다

다몇일이고 그자리에서
다시는 당신을 기다리던
하지 않겠읍니다 그러한 짓을

다몇일이고
신은 하지
저리게 기다리던
않겠읍니다 그러한 못난 짓을

13. 며칠이고 지금 당신이 없는 날이 지나 갑니다
1958, 종이에 펜, 13.5×21cm

붓꽃
1958, 종이에 펜, 13.5×21cm

14,

어머니 당신아들에께서 약한 인간이 지닌 모든 그것을

없애주십시오

더 구체적으로 말씀드리겠읍니다

먼저 희망이라는 것을 없애주십시오

어머니 당신아들에께서 약한 인간이 지닌 모든 그것을

(그)구체적으로 말씀드리겠읍니다

먼저 기다림이라는 것을 없애주십시오

어머니 당신아들에께서 약한 인간이 지닌 모든 그것을

14. 어머니 당신 아들에게서 약한 인간이 지닌 모든 그것을
1958, 종이에 펜, 13.5×21cm

아이리스
1959. 4. 28. 종이에 펜, 13.5×21cm

15. 어제는 내가 견딜 수 없이 쓸쓸했습니다

1958, 종이에 펜, 13.5×21cm

1959, 종이에 펜, 13.5×21cm

어머니 당신 아들은 지금

고요한 작은 마을을 찾아 돌아 왔읍니다

첫째 명예라는 것
둘째 톡망이라는 것
셋째 청춘이라는 것
넷째 보험이라는 것
다섯째 예속이라는 것
여섯째 천재라는 것
일곱째 자학이라는 것
여덟째 고독이라는 것
아홉째 벗이라는 것

17. 어머니 당신 아들은 지금
1958, 종이에 펜, 13.5×21cm

1958, 종이에 펜, 13.5×21cm

22.

나에게 사랑함이 있어 부족? 함이 있음으

내가 아직 의리고 힘이 부족함이 있음으

나에게 사랑함에 빛이 아직 보여지 않는 눈물들이 있음으

내가 아직 의리고 믿음이 부족함이 있음으

바람에 불로 가랑님의 지고
정은 시간 깔깔한 시간 다하지 못하고

비가 내리고 눈이 내리고
쌀쌀하 생명을 걸으로 그날까지 지켜옴이 함음으

고마운 당신이 있으
하나의 숨은 믿음 아래 가느다란히

< 봄바람에 살결이 쌀쌀한
신대 빛산에서. 4. 9 >

22. 나에게 사랑함에 있어 부족함이 있음은
1958, 종이에 펜, 13.5×21cm

1958, 종이에 펜, 13.5×21cm

사랑의 바람이 뜨거이 불어옵나이다
1958. 1. 27. 종이에 펜, 13.5×21cm

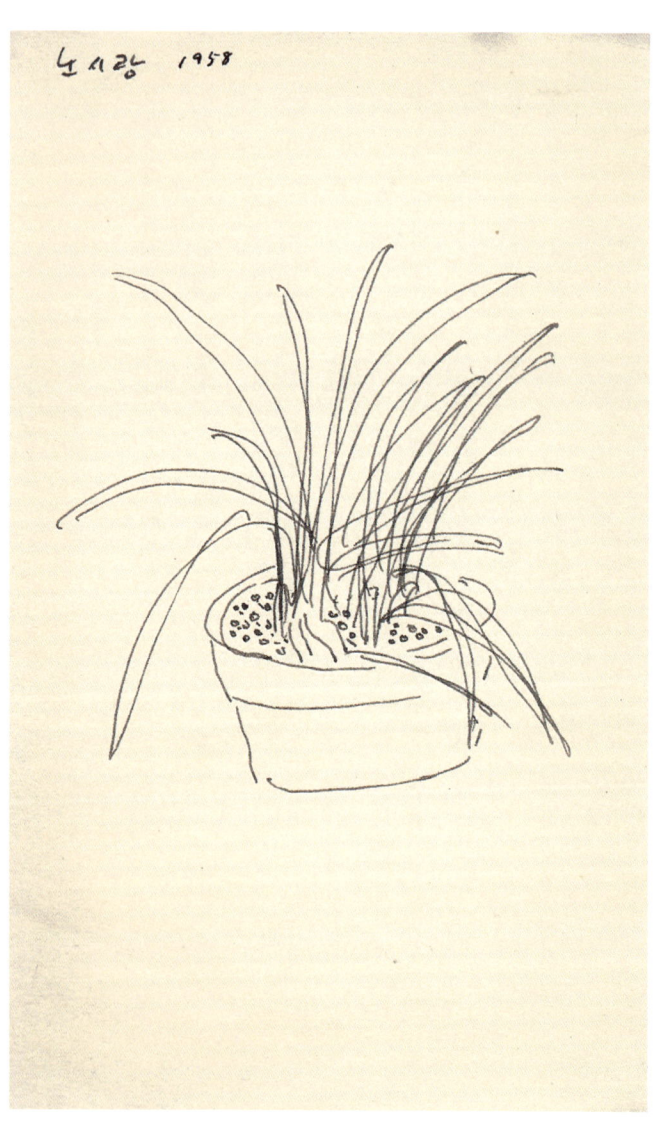

노시랑

1958, 종이에 펜, 13.5×21cm

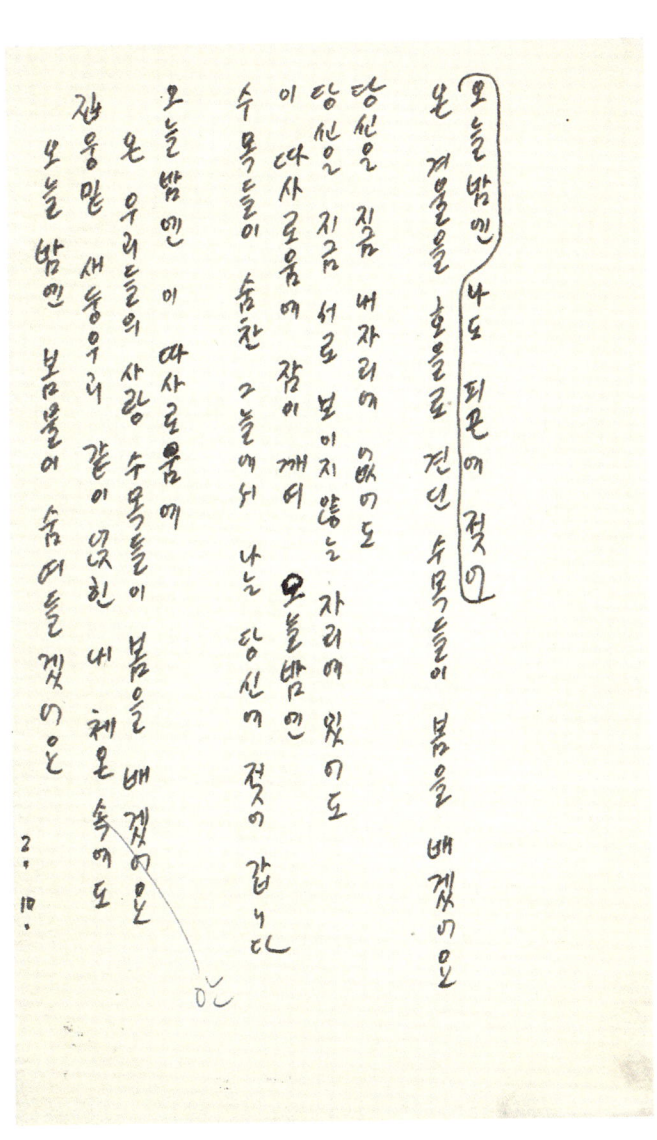

오늘 밤엔 나도 피곤에 젖어

온 계곡을 호올로 진인 수목들이 봄을 배겠이오

당신은 지금 내자리에 없이도

당신은 지금 서로 보이지 않는 자리에 있이도

이 다사로움에 잠이 깨어

수목들이 숨찬 그늘에서 나는 당신에 젖어 갑니다

오늘 밤엔 이 다사로움에

온 우리들의 사랑 수목들이 봄을 배겠이오

잠용만 새동우리 같이 앉힌 내 체온 속에도

오늘 밤엔 봄물에 숨어들겠이오

2. 10.

나도 피곤에 젖어 오늘 밤엔
1958. 2. 10. 종이에 펜, 13.5×21cm

다방 〈파리〉

1958. 2. 28. 종이에 펜, 13.5×21cm

이 인생 문간방에 초라히

잠시 비를 멈추고 있는 모양일랑 보이지 않겠으오

인간들이 모인 곳에 후줄근히

잠시 기웃거리다가는 모습일랑 보이지 않겠으오

이세상 어데 하나 외롭지 않은 사람이 있으리오만

당신에겐 이 외로움을 말하지 않겠으오

어데 하나 쓸쓸치 않은 사람이 있으리오만

피를 토하는 이 밤이야 걸랑 아야 하지 않겠으오

톡톡

'58. 2. 12.

이 인생 문간방에 초라히

1958. 2. 12. 종이에 펜, 13.5×21cm

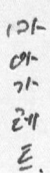

마가레트
1958. 2. 15, 종이에 펜, 13.5×21cm

나무닢이 떨어진 지구 한구석 적적한 자리

쓸쓸한 잠이지오만

꼬마운 당신 생각에 고로한 잠이 듭니다

생각만하다가 이대로 사라질듯이

먼 별아래 별을 두고 쓸쓸한 자리 외로운 잠이지오만

시간의 시내물가에 잔잔히 가라앉아

당신 생각을 열에 재우며 고히 잠이 듭니다

당신 생각에 잠이 듭니다

창밖기에 눈내리 꽃은 피어도

외로운 자리 아무렇게나 쓰러진 쓸쓸한 잠이지오만

가는밤 오는밤 그저 이자리 당신 생각에 꼬마운 잠이 듭니다

나뭇잎이 떨어진 지구 한구석 적적한 자리
1958, 종이에 펜, 13.5×21cm

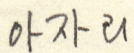

아자리아
1958, 종이에 펜, 13.5×21cm

당신을 위하여 이세상 좋은 일을 많이 하고 삶의 젖었읍니다

당신을 위하여 이세상 아름다운 노래를 남기고 삶의 젖었읍니다

당신을 생각할때마다 이렇게 생각을 했었읍니다

당신에게 내노랙 모든 죽고 삶의 젖었읍니다 불러드리 그날까지 노래 부르고 삶의 젖었읍니다 이렇게 생각을 했었읍니다

당신을 위하여 내생전 그날까지 생각할때마다

전쟁에 허트러진 내마음 다

당신에게 내노랙 모든 죽고 삶의 젖었읍니다

그리하여 이젠 이별이 없으면 좋겠는데 이젠 당신 가슴의 고요히 쉬였으면 좋겠는데

—— 당신을 생각할때마다 이렇게 생각을 했었읍니다

58. 2. 15.

당신을 위하여
1958. 2. 15. 종이에 펜, 13.5×21cm

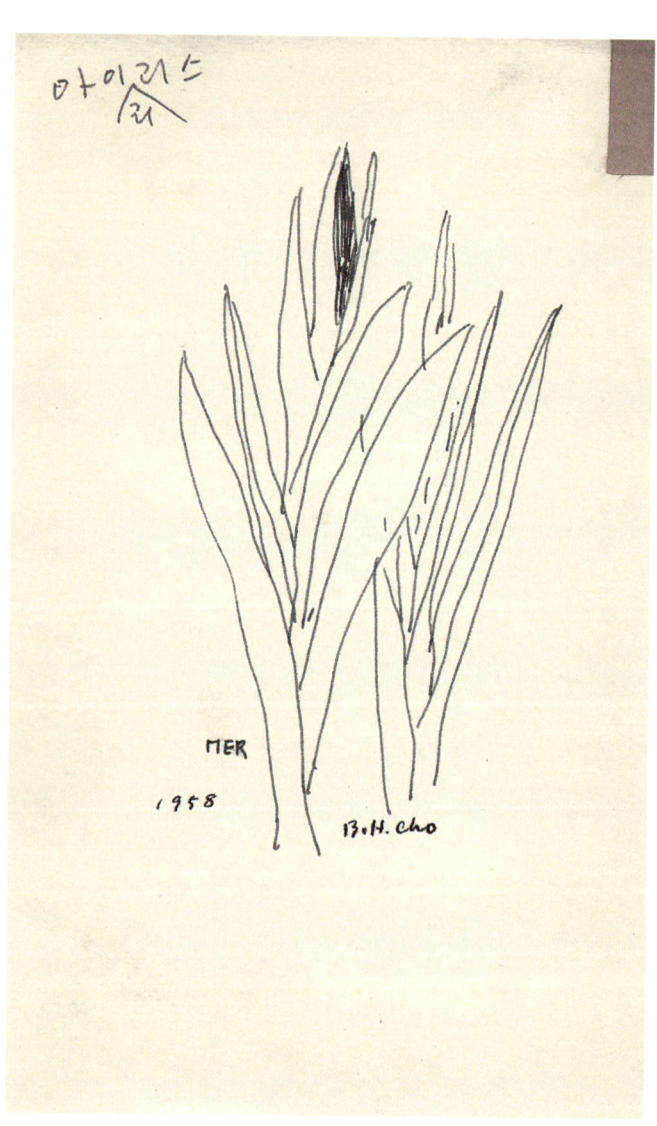

아이리스
1958, 종이에 펜, 13.5×21cm

애당초 우리는 그것이 아니었습니다
그저 서로 엽자리 잊었던 것입니다

애당초부터 우리는 그것이 아니었습니다
시작도 마지막도 없는 것이 없었습니다

애당초부터 우리는 그것이 아니었습니다
그저 외로움 받을 흔히 하고 있는 것이었었습니다

애당초부터 우리는 그것이 아니었습니다
내 시간 모다 당신에게 두고 갈 마음이 없었습니다

애당초부터 있는 날 그날까지
위로지 않기 위하여 당신을 뜨겁게 아끼렵니오
마음이 있었습니다

애당초 우리는 그것이 아니었습니다
1958. 2. 16. 종이에 펜, 13.5×21cm

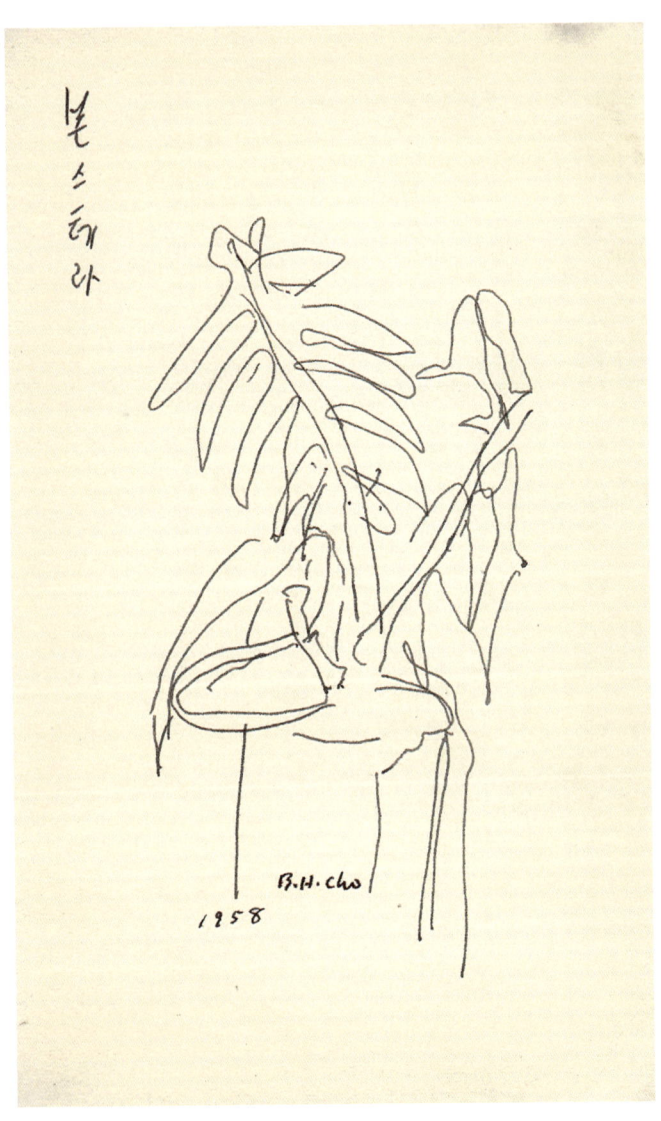

몬스테라
1958, 종이에 펜, 13.5×21cm

나는 내 곱은 노래로 다시 가슴에 묻고

지금 이 자리

고요한 겨울바람이 지나는 유리창 안으로 돌아 왔습니다

어머니 지금 당신 아들은 촉촉히 젖의 다시 돌아 왔습니다

당신이 비고 돌아간 그 방으로 다시 돌아 왔습니다

봄 가을 없이 흐린 거미줄 낀 그 방으로 돌아 왔습니다

그 사람이 없는 날이 너무도 많이 지나 갔더니

당신도 없고 그 사람도 없는 날이 너무도 많이 지나 갔더니

그 사람이 없는 날이 너무도 낮설은 들판에

'58. 2. 18. 안개 걷은 아침.

나는 내 고운 노래를 다시 가슴에 묻고
1958. 2. 18. 종이에 펜, 13.5×21cm

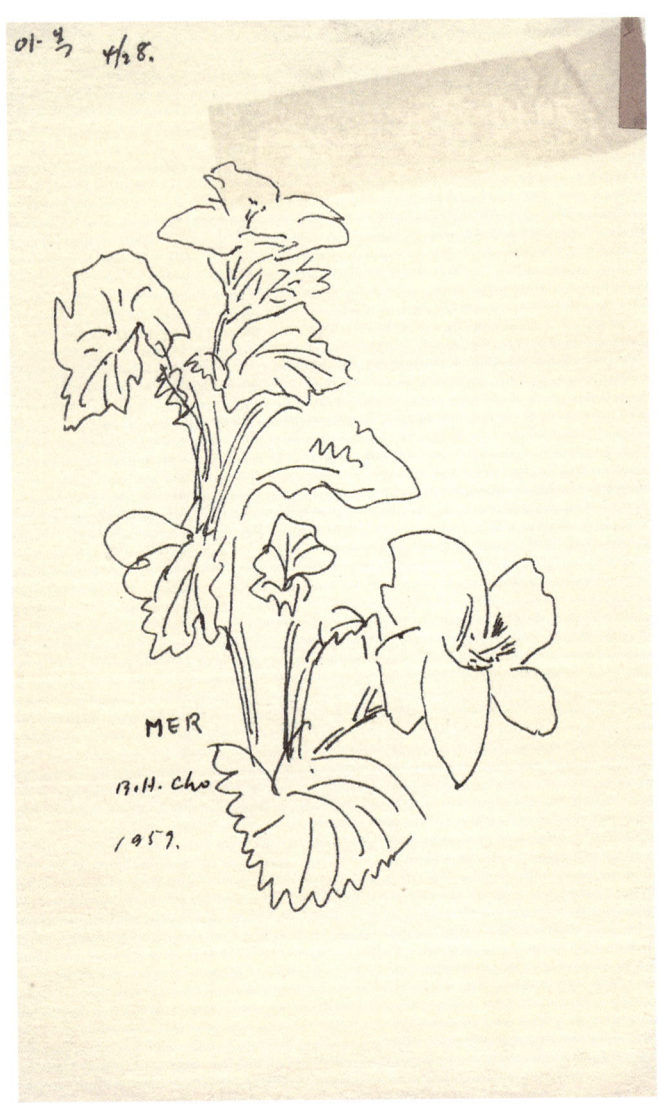

아욱

1959. 4. 28. 종이에 펜, 13.5×21cm

그리고 당신을 생각했읍니다

그리고 당신을 생각할수록 불상만 해지는 나를 생각했읍니다

그리고 당신마음씬 어느 한자리 없을 내자런 걸 알았읍니다

쌀쌀히 사라지는 사람아 잔인하도록 죽어라 사랑을 받아라

불상한 사람아 잔인하도록 죽어라

어제는 전탄수의밤이 쏠쏠했읍니다
이제는 전탄수의밤이 불상했읍니다
나무아래로 구름아래로 긴 삼벼락 겉으로
모든 것 그저 잊어버리고
이세상 아닌 다른 곳으로 사라지르만 싶었읍니다

당신에껜 아무 겆지도 않았던 걸
당신에껜 아무렇지도 않았는 걸

58. 2. 22.

그리고 당신을 생각했습니다
1958. 2. 22. 종이에 펜, 13.5×21cm

양귀비

1959, 종이에 펜, 13.5×21cm

너의 이름 없이는 불상한 한 사나이가 있다

너의 이름 없이는 보람은 아랑는 한 사나이가 있다

너의 이름 아래 영 잡을고 싶어라

너의 이름으로 영 일하고 싶어라

너의 이름 곁에 영 있고 싶어라

너의 이름과 같이 영 싶어라

아름다워라

꽃아라 지혜로워라

평화스러워라

'58. 2. 27. 한강에 맑은 아침

너의 이름 없이는 불쌍한 한 사나이가 있다
1958. 2. 27. 종이에 펜, 13.5×21cm

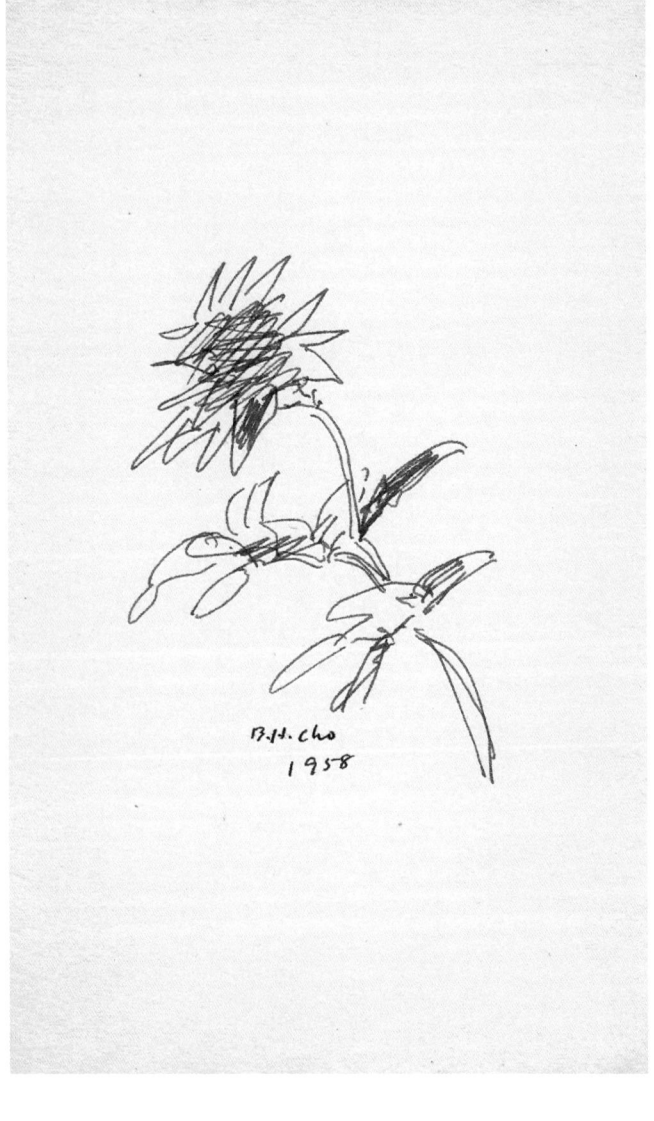

1958, 종이에 펜, 13.5×21cm

내 모든 생명은 당신 것이 있읍니다

당신과 한 몸이 되어 있을 때

영원토록 비최어보는 먼 그리움

당신은 길이 단한 고요한 보금자리

피곤한 내 외로움은 빈 하늘을 나르고

어두운 날개처럼 밤마다 젖의

당신과 내가 떨어져 있는 것이

아니라 해도

밤마다 밤속의 밤을 남기고 돌아가는 사람아

한별아래 잠드는 당신의 자리가 너무나 멀구나

'58. 4. 8. 봄비내리는 아침.

당신과 한 몸이 되어 있을 때
1958. 4. 8. 종이에 펜, 13.5×21cm

옥잠화
Sept. 3. '58

1958. B.H. Cho

옥잠화
1958, 종이에 펜, 13.5×21cm

그것으로서 작은 생명 스스로 구원을 받으며 스스로 눈감아

그날이 오면
고요히 당신 곁으로 돌아 가리 십습니다

사람은 외롭게 나서 외롭게 가는 것
이러한 말이 있었음니다

인생은 필경 사랑을 찾아 가는 것
이러한 말이 있었음니다 —쉘리

사람은 나서 살기 위하여 먹고 먹기 위하여 일하고

일하다가 그저 가는 것
이러한 말이 있었음니다

그것으로서 작은 생명 스스로 구원을 받으며 스스로 눈감아

1958, 종이에 펜, 13.5×21cm

1958, 종이에 펜, 13.5×21cm

〈봄이 오면 무서워요〉

이리로 가는지 몰르는 캄캄한 이 객차

유리창은 가려지고 아침이 싫은 당신의 목소리

〈한편 해여진 기억이 있어요〉

아침이 오면 해여저가는 사람들

서로 같이 못가는 걸. 남은 시간 빈자리 명하니 있으면

〈나에게도 한편은 그리운 사람이 남아야 해요〉

당신은 지금 아득히 먼곳에서 외로움만이 들을수있는

그소릴 가득히 보내고만 있읍니다

봄이 오면 무서워요
1958, 종이에 펜, 13.5×21cm

1958, 종이에 펜, 13.5×21cm

나는 오늘 아침 조간 한구석에서 슬픈 기사를 발견했읍니다

―사랑이란 멀리서 한 것. 그리고 맘놓고 웃는 것.

어느 고등학교 학생의 유서 였읍니다

다음날에 막혀 다시 이렇게 시작을 했읍니다

나는 지금 긴 여객선에서 이리 벙벙 저리 벙벙 내린 참읍니다

어제 밤은 당신과 같이 당신의 삶을 긴 바다여행을 했읍니다

꿈은 나만 내려놓고 창밖에 뚝뚝 내려는 눈.

문득 당신이 나에게 그 누구인가를 깨달아 보았읍니다

어머니 지금 당신 아들은 긴 편지를 쓰기 시작했읍니다

마침내 당신이 쓴다 갈준 편지 짝 같이 처럼

나는 오늘 아침 조간 한구석에서 슬픈 기사를 발견했습니다
1958, 종이에 펜, 13.5×21cm

1958
하
아
신
스

히아신스
1958, 종이에 펜, 13.5×21cm

당신이 돌아가면 남은 자리 너무나 텅 비어서

온 몸이 술에 차도록 술을 마셨읍니다

희망이란 나에게 너무나 숨가쁜 것이어서

당신의 먼 얼굴이 빈 잔에 비쳐오도록 술을 마셨읍니

미움이란 나에게 너무나 쓸쓸한 것이어서

당신의 빈 얼굴이 눈에 떠오르도록 술을 마셨읍니

마음 구석구석 비움이 타버리고 아픔이 타버리고

내가 타버리고

당신의 먼 얼굴이 비쳐오도록 술을 마셨읍

당신의 빈 얼굴이 환히 눈에 보여오도록 술을 마셨읍

당신이 돌아가면 남은 자리 너무나 텅 비어서
1958, 종이에 펜, 13.5×21cm

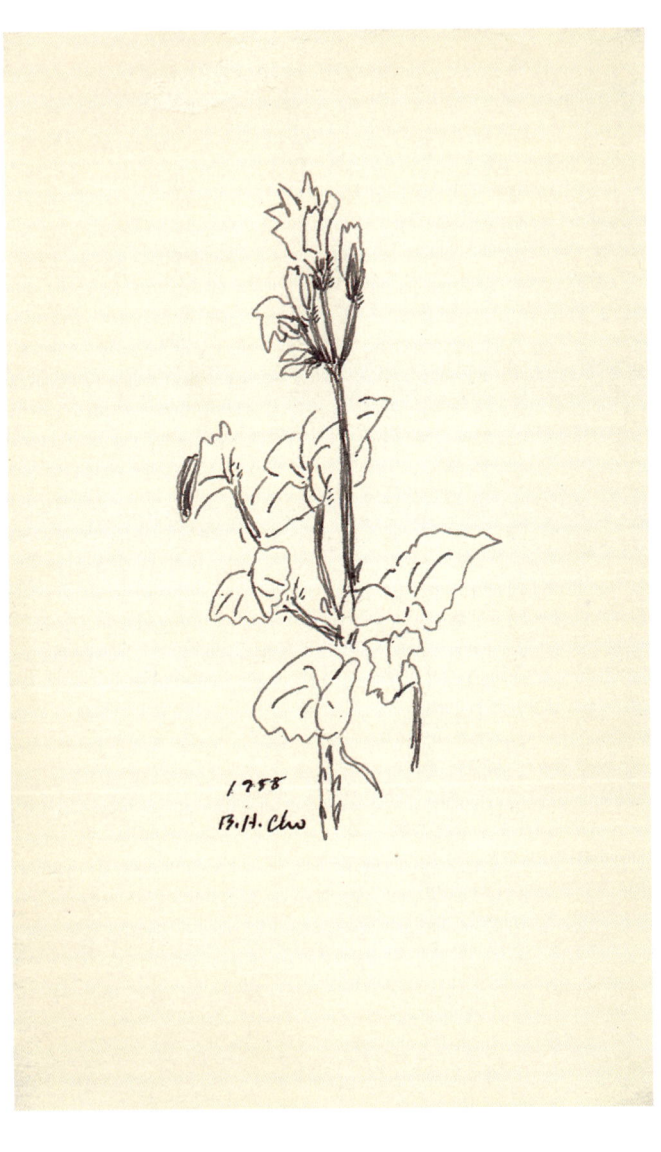

1958, 종이에 펜, 13.5×21cm

고운 당신을 앞두고 쓸쓸한 이야길 한 것은

모다 당신에 가까이 갈수 없던 탓으로 여겨주십시오

고운 당신을 만날때마다 슬픈 이야길 한 것은

모다 이별이 자주 오는 탓으로 여겨주십시오

항시 당신이 보고 싶은 것은

모다 내가 한번 나와같이 살고 싶단 탓으로 여겨주십시오

항시 미듬이 줄고 초라해지는 것은

모다 너무나 당신이 고운 탓으로 여겨주십시오

모다 것은 모다 과욕한 탓으로 여겨주십시오

모든 것 모다 당신을 사랑하는 탓으로 여겨주십시오

고운 당신을 앞두고 쓸쓸한 이야길 한 것은
1958, 종이에 펜, 13.5×21cm

1959, 종이에 펜, 13.5×21cm

하나 하나
이저 버리며
이러한 건 시간 되온한 여행 끝에

지금 당신 아들은
고요한 각우 마음을 찾아 돌아 왔읍니다

이 마음
이 마음
이 마음
사람들은 서로 이름이 마을리다
사람들은 서로 소유게 없읍니다
사람들은 서로 슬픔이 마음다

꽃이 되나 가면
계절이 바뀌면 계절의 바뀌고
이 마음 사람들은 서로 돌잡의라는 마음이 마음다

나머니 이전 이 마음에서
이상의 사랑을 사랑하니가 가고
사랑하니가

하나하나 버리며

1959, 종이에 펜, 13.5×21cm

편운片雲 **조병화**趙炳華 시인은 1921년 5월 2일 경기도 안성에서 태어났습니다. 송전공립보통학교, 미동공립보통학교를 거쳐 1943년 경성사범학교를 졸업하고 일본 동경고등사범학교에 입학하여 물리·화학을 수학하다가 일본 패전으로 학업을 중단하고 귀국하였습니다.

1945년 경성사범학교 물리 교유로 교단생활을 시작하여 인천중학교 교사, 서울중학교 교사로 재직하면서 1949년 제1시집 『버리고 싶은 유산遺産』을 출간하여 시인의 길로 들어섰습니다. 1959년 서울고등학교를 사직한 뒤 경희대학교 교수(문리과대학장, 교육 대학원원장 역임), 1981년부터 인하대학교 교수(문과대학장, 대학원원장, 부총장 역임)로 재직하고 1986년 정년퇴임했습니다. 이와 같은 교육과 문학의 업적을 인정받아 대만 중화학술원에서 명예철학박사, 중앙대학교에서 명예문학박사, 캐나다 빅토리아대학교에서 명예문학박사 학위를 받았습니다.

그의 시는 쉽고 아름다운 언어로 인간의 숙명적인 허무와 고독이라는 철학적 명제의 성찰을 통해 꿈과 사랑의 삶을 형상화한 점에서 큰 특징을 찾을 수 있습니다. 창작시집 53권이 증명하듯 그의 시작활동은 남달리 성실했고, 또한 폭넓은 독자의 사랑을 받아왔습니다. 국내에서 널리 읽혔듯이 25권에 달하는 시집이 세계 여러 나라(일본·중국·독일·프랑스·영국·스페인·스웨덴·이탈리아·네덜란드) 말로 번역되어 세계적인 시인으로 우뚝 섰습니다.

그는 한국시인협회 회장, 한국문인협회 이사장, 대한민국예술원 회장을 역임하였고, 국제적으로는 세계시인대회 국제이사, 제4차 세계시인대회(서울, 1979) 대회장을 맡아 시인들의 국제교류에 힘썼습니다. 이러한 공로가 인정되어 1981년 제5차 세계시인대회에서는 계관시인桂冠詩人으로 추대되었습니다.

그는 시뿐만 아니라 그림도 겸하여 초대전을 여러 차례 가졌습니다(유화전 8회, 시화전 5회, 시화―유화전 5회 등). 그의 그림은 그의 시 세계와 흡사하여 아늑한 그리움과 꿈을 형상화함으로써 우리를 무한한 상상의 세계로 이끕니다.

그는 아세아자유문학상, 한국시인협회상, 서울시문화상, 대한민국예술원상, 3·1문화상, 대한민국문학대상, 대한민국금관문화훈장, 5·16민족상 그리고 세계시인대회에서 여러 상과 감사패를 받았습니다. 그는 이러한 상금과 원고료를 모아 후배 문인들의 창작활동을 돕기 위해 1991년 편운문학상을 제정하였습니다. 2003년 3월 8일 작고하기까지 창작시집 54권, 선시집 28권, 시론집 5권, 화집 5권, 수필집 37권 등을 비롯하여 총 160여 권의 저서를 출간했습니다.

사랑의 바람이 뜨거이 불어옵나이다
1958, 편운 조병화 미발표 시화집

초판 1쇄 인쇄 2026년 3월 16일
초판 1쇄 발행 2026년 3월 26일

지은이 조병화

편집 김삼주 이희연 ㅣ 디자인 윤종윤 ㅣ 마케팅 김다정 박재원
브랜딩 함유지 이송이 박민재 김하연 신은서 이준희 조다현
미디어콘텐츠 함근아 김은솔 박다솔
저작권 박지영 형소진 주은수 오서영 조경은
제작 강신은 김동욱 이순호 ㅣ 제작처 한영문화사

펴낸곳 (주)교유당 ㅣ 펴낸이 신정민
출판등록 2019년 5월 24일 제406-2019-000052호

주소 10881 경기도 파주시 회동길 210
문의전화 031.955.8891(마케팅) ㅣ 031.955.2692(편집) ㅣ 031.955.8855(팩스)
전자우편 gyoyudang@munhak.com

홈페이지 www.gyoyudang.com
인스타그램 @gyoyu_books ㅣ 트위터 @gyoyu_book ㅣ 페이스북 @gyoyubooks

ISBN 979-11-24128-46-6 03810